Ferdinand Moesch

Der moderne Sprachunterricht an den bayerischen Gewerbschulen

Antigonos

Ferdinand Moesch

Der moderne Sprachunterricht an den bayerischen Gewerbschulen

Unveränderter Nachdruck der Originalausgabe von 1870.

1. Auflage 2024 | ISBN: 978-3-38614-432-2

Antigonos Verlag ist ein Imprint der Outlook Verlagsgesellschaft mbH.

Verlag: Outlook Verlag GmbH, Zeilweg 44, 60439 Frankfurt, Deutschland, info@outlook-verlag.de
Vertretungsberechtigt: E. Roepke, Zeilweg 44, 60439 Frankfurt, Deutschland
Druck: Libri Plureos GmbH, Friedensallee 273, 22763 Hamburg, Deutschland

Der moderne Sprachunterricht

an den

bayerischen Gewerbschulen.

Ein Wort für Alle

von

F. Mösch,

Lehrer der neueren Sprachen an der k. Gewerbs- und Handelsschule Kempten.

———— ❖ ————

Kempten.
Verlag der Jos. Kösel'schen Buchhandlung.
1870.

In den süßen Mußestunden der Herbstferien war es für mich
stets eine der angenehmsten Beschäftigungen, die von allen Seiten
einlaufenden Jahresberichte der technischen und humanistischen Lehranstalten unsres engeren Vaterlandes nicht nur zu durchblättern, um
daraus etwaige Veränderungen im Personalstande, die Zu- oder Ab-
nahme der Frequenz, oder die Schwierigkeiten, welche sich dem Auf-
schwunge der einen oder andern Anstalt entgegenstellen, kennen zu
lernen, sondern auch um deren Lehrprogramm mit demjenigen der
Anstalt, an welcher ich wirkte, zu vergleichen. Eine ganz natürliche
Sache ist es dabei, daß mich diejenigen Lehrgegenstände, welche ich
selbst vertrat und vertrete, am meisten interessiren mußten, und wenn
auch die anderen Fächer nicht außer Acht gelassen wurden, so kam ich
doch immer wieder zu dem Pensum zurück, das sich die verschiedenen
Anstalten zunächst in den neueren Sprachen gestellt hatten.

Nun wird man wohl einwenden können, daß nach der revidirten
Schulordnung vom Jahre 1864 dieses Pensum in den neueren Sprachen,
wie auch in den andern Lehrfächern, präzisirt sei, sonach keinerlei
Verschiedenheit zunächst an unsern Gewerbschulen herrschen könne; aber
man würde sehr irre gehen, wenn man annehmen wollte, es werde
an allen unsern Gewerbschulen in diesem Fache einheitlich nach einem
und demselben Ziele gestrebt. Da dieß gewissermaßen als ein Vorwurf gelten muß, der hiermit zunächst den betreffenden Rektoraten als
Leiter der Anstalten, und dann den speziellen Fachlehrern gemacht
wird, so soll das Nachstehende zeigen, daß dieser Vorwurf aus den dem
Fache selbst anhängenden Mängeln hervorgeht und daher nur ein
indirekter Vorwurf genannt werden kann. Es liegt mir eine ziemliche
Anzahl von Jahresberichten 18⁶⁹/₇₀ vor, wovon ich nur diejenigen der
Gewerbschulen, und da nur in Bezug auf das Lehrfach der neueren
Sprachen, näher beleuchten will und darf.

1*

Wenn wir nach dem Lehrprogramm der französischen Sprache in diesen Berichten suchen, so machen wir zunächst die Erfahrung, daß dieses Lehrfach an den meisten unserer Gewerbschulen noch nicht zu derjenigen Geltung gelangt ist, welche es durchaus beanspruchen muß, und zwar erkennen wir dies zunächst daraus, daß man dieses Programm meistens als letztes Glied der Unterrichtsgegenstände aufgeführt sieht. Man wende nicht ein, daß die Stellung am Ende des ganzen Pensums keineswegs eine Nichtachtung in sich schließe; ich behaupte, diese Nichtachtung besteht in Wirklichkeit. Oder könnte man, wenn dies nicht der Fall wäre, einen Lehrgegenstand, wie es der französische Sprachunterricht ist, soweit von den andern Realfächern trennen, wenn man denselben nicht als einen unvermeidlichen Ballast betrachtete, der mit den andern Bildungsfächern nichts zu schaffen hat? Ich wiederhole, diese Nichtachtung besteht und geht an manchen unserer technischen Anstalten so weit, daß selbst die Lehrer dieses Faches darunter zu leiden haben, so daß diese, obgleich den andern Lehrern materiell gleichgestellt, dennoch nur eine secundäre Bedeutung haben, wodurch zuweilen sogar ihre Autorität gegenüber den Schülern beeinträchtigt wird.

Es entsteht nun die Frage, wo die Ursache zu dieser Unterordnung eines in unserm Norddeutschland so hoch geschätzten Bildungsmittels zu finden ist, und so verletzend auch für den ersten Augenblick der Ausspruch klingen mag, so darf doch nicht verschwiegen werden, daß diese Ursache in den geringen Erfolgen zu suchen ist, welche die meisten unsrer Gewerbschulen in diesem Fache aufzuweisen haben, und diese wieder nur eine Folge der verkehrtesten Lehrmethode sind.

Ich weiß, ich spreche hier ein hartes Urtheil aus, welches mir, wenn veröffentlicht, vielfache Anfeindung zuziehen muß, aber als warmer Verehrer meines Lehrfaches, der demselben überall dieselbe Geltung verschaffen möchte, die ihm an unsrer Schule zutheil wurde, darf ich die Mängel nicht verschweigen, denen abzuhelfen es die Pflicht jedes einzelnen Lehrers ist, der es mit seinem Fache redlich meint. Was die an den meisten Gewerbschulen eingehaltene Lehrweise in der französischen Sprache betrifft, so ersehen wir freilich aus dem

Lehrprogramm der verschiedenen Kurse und Abtheilungen im Allgemeinen nur, womit begonnen und wie weit im Laufe des Schuljahres gegangen wurde oder werden konnte, ferner nach welchem Lehrbuche gelehrt und was man in den obern Kursen gelesen habe. Das eine dieser Lehrprogramme geht etwas weiter als das andere, führt Einzelnheiten auf, ja sucht oft durch allerlei Mittelchen Aufmerksamkeit zu erregen. An der einen Anstalt ist man bescheiden genug, es bei dem von Ahn vorgezeichneten Lehrgang bewenden zu lassen, den man im ersten Kurs von 1—90(?) u. s. f. durchgemacht habe; an der andern steigt man schon etwas höher: man hat aus Ahn's Grammatik so und so viele Aufgaben übersetzt, Musterstücke gelesen u. s. f.; wieder an einer andern hat die Grammatik von Plötz die Herrschaft errungen, oder es dominirt Gnüge u. s. f., an den wenigsten hört man von der Borel'schen Grammatik sprechen. Was beweist nun das alles? — Daß an allen unsern Gewerbschulen der französische Sprachunterricht noch nach der nämlichen Schablone ertheilt wird, wie sie schon Meidinger und Sanguin, seligen Andenkens, benützten, nur mit etwas mehr oder weniger Aufputz, immer aber derselbe mechanische, geistermübende, ja geradezu geistertödtende Schlendrian trotz der unendlich vielen Klagen, die sich schon seit langen Jahrzehnten dagegen erhoben.

Wie unbedeutend und ungenügend sind aber auch die Resultate einer solchen Lehrweise, wie wenige Schüler können am Ende ihres Schulweges etwas anderes als ein paar leere Phrasen hersagen und einige Zeitwörter konjugiren! Dagegen von pädagogischer Befähigung zum eigenen Weiterbau, von formeller Bildung keine Spur, woher es dann kommt, daß, kaum wenige Wochen nach dem Verlassen der Schule, der junge Mann alles wieder vergessen hat und sich nur mit Widerwillen oder mit verachtendem Spotte der auf dieses Fach verwendeten Lehrstunden, sowie seines Lehrers, erinnert.

Aber auch an denjenigen Anstalten, mit welchen Handelsabtheilungen verbunden sind und die demnach über eine größere Stundenzahl für das französische Lehrfach zu verfügen haben, wird nicht im entferntesten das geleistet, was geleistet werden müßte, wenn man die bisher eingehaltene unselige Lehrweise aufgeben und endlich einmal zu einer vernünftigen, pädagogischen übergehen wollte. Daß dies bis zum heutigen Tage nicht geschehen ist, beweist nur, daß wir zwar viele recht tüchtige, ja vorzügliche Lehrer der neueren Sprachen besitzen, aber keine Pädagogen in diesem Lehrfache, und wenn sie selbst als doctores philologiae promovirt hätten. Doch bin ich gewiß und vollkommen überzeugt, daß es bei allen meinen Herren Kollegen nur dieses Anstoßes bedarf, um sie auf die richtige Bahn zu leiten, die sie gewiß, wenn einmal ernstlich betreten, nicht wieder verlassen werden, und wobei sie selbst einsehen werden, daß man bei den gründlichsten Kenntnissen und dem tiefsten Wissen doch zuweilen recht unpädagogisch verfahren kann.

Auf diese Behauptungen näher eingehend, entsteht zunächst die Frage: Kann überhaupt der Schüler an unseren Gewerbschulen, in ihrer gegenwärtigen Organisation mit zwei Unterrichtsstunden wöchentlich, innerhalb eines Zeitraumes von 3 Jahren, die französische Sprache so erlernen, daß sie sein Eigenthum wird und er einer weiteren formellen Fortbildung nicht mehr bedarf? — Die darauffolgende Antwort muß ich dahin abgeben: „Mit der bisher üblichen Lehrweise gar nie, auch wenn die Stundenzahl auf vier wöchentlich steigen sollte, wie es bei der nächsten Reorganisation unsrer technischen Lehranstalten beabsichtigt ist. Mit der pädagogischen Lehrweise, wie sie hierunter des weiteren erörtert werden soll, nur in Ausnahmsfällen bei 2 Wochenstunden, jedoch unter allen Umständen bei einer Stundenzahl von mindestens 4 per Woche. Diese Antwort mag Unglauben, ja Mißtrauen erregen; zur Beseitigung allen Zweifels schreite ich nunmehr zur eingehenden Erörterung, zu welcher ich jedoch etwas weiter auszuholen mir erlauben muß.

Der Unterricht in Sprachen jeder Art ist ein formelles Bildungsmittel. Er hat sich zunächst mit den Elementen der Grammatik zu befassen, welche sich erst im Verlaufe des Unterrichts zu einem harmonischen Ganzen vereinigen sollen. Ist dabei die zu erlernende Sprache unsre eigene Muttersprache, so wird dieser Unterricht von vornherein durch die bereits erlangte allgemeine Kenntniß der Sprache unterstützt und bedarf daher einer weiteren Bezugnahme und Stütze nicht, die ohnedem unsrer germanischen Ursprache nach außen hin fehlt. Bei der Erlernung einer fremden Sprache, welche sie auch sei, ist eine Bezugnahme auf eine oder mehrere Sprachen unerläßlich, wie sich denn die Pädagogen unsrer humanistischen Anstalten bei der Erlernung der neueren Sprachen dabei auf die lateinische und griechische Grammatik stützen, ob mit Recht oder Unrecht, mag hier unerörtert bleiben. Wo finden aber unsre Gewerbschulen die zur Erlernung einer jeden fremden Sprache unerläßliche Stütze, wenn nicht in der deutschen Sprache? Wo sich daher der französische Sprachunterricht an unseren Gewerbschulen nicht auf die deutsche Sprache und ihre Grammatik und Syntax stützt, da steht er als halbvertrockneter Zweig am Unterrichtsbaume und entbehrt des aus dem gemeinsamen Stamme jedem anderen Unterrichtszweige zufließenden Saftes. Er wird daher nur spärliche Blätter und Blüten, aber keine Früchte tragen. Während sich die anderen Zweige in schönster Weise entwickeln und reichliche Früchte geben, wird dieser Zweig mit Recht mißachtet und gar oft versucht werden, ihn vom Stamme zu trennen. Diese Bezugnahme des französischen Sprachunterrichtes an nnseren Gewerbschulen auf die deutsche Sprache ist aber allein im Stande, diesem Unterrichtszweige neuen Saft zuzuführen und so sein kräftiges Blühen zu bedingen. Dann wird auch er zur allgemeinen Ernte seinen Theil beitragen und als ein wesentliches Glied des Ganzen betrachtet werden.

Ein guter pädagogisch wirkender Lehrer ist nur derjenige, welcher sich jederzeit auf den intellektuellen Standpunkt des Lernenden stellt und zu stellen vermag, welcher gleichsam immer von neuem mit ihm lernt und empfindet, und durch dessen liebevolle Pflege der jugendliche Geist sich frei und ungehemmt entwickelt. Gerade diese einzigen und unerläßlichen Eigenschaften eines guten Lehrers fehlen den meisten Lehrern der neueren Sprachen. Sie nehmen mit ihrem Unterrichtszweige fast durchschnittlich den andern Lehrfächern gegenüber eine solche Sonderstellung ein, daß diese mit dem besten Willen nichts für sie zu thun vermögen. Sie bauen für sich, mitten in einem wohlgeordneten Plane, ein eigenes Gebäude auf, ohne jeglicher Grundlage und jeglicher Stütze. Oder ist diese Metapher eine verkehrte und übel angebrachte?

Jeder in unsere Gewerbschulen neueintretende Schüler bringt

allen Lehrern und Lehrfächern ohne Ausnahme guten Willen, zum mindestens einen gewissen Grad von Neugierde entgegen, die, richtig geleitet, zum guten Willen selbst, ja zur Theilnahme und Liebe zum Fache herangezogen werden kann. Dem Fache der neueren Sprachen bringt der Neueintretende jedoch meistens nur Neugierde zu, während alle übrigen Fächer ihm schon mehr oder weniger bekannt sind, und wobei er sich wohl bewußt ist, daß er nur durch guten Willen und Fleiß zu höherer Vervollkommnung gelangen kann. Alle neueintretenden Schüler erfassen im Anfang den französischen Sprachunterricht mit freudigem Gefühl; sie hegen bald gute Vorsätze und die Absicht redlichen eifrigen Strebens und leisten im Anfang auch Gutes, zur Hoffnung auf Erfolg Berechtigendes.

Anstatt nun dieses strebsame Gefühl rege zu erhalten, anstatt durch ein gründliches Verständniß des zu Erlernenden dieses Gefühl heranzubilden und zu veredeln, erschlafft die bisher geübte Lehrweise dasselbe und es bleibt von allen den guten Regungen bald nichts mehr übrig als das Bewußtsein des Zwanges, das unbehagliche Gefühl der Unvollkommenheit und Halbheit.

Keinen geringen Theil der Schuld an dieser Erschlaffung trägt auch das leidige Sätzchenswesen, das nach dem Köhlerglauben unsrer Grammatiker und Lehrer dem Lernenden eine Vielseitigkeit der Bildung und Geschmack am Lernen geben soll. Aber sieht man denn nicht ein, daß damit gerade das Gegentheil erzielt wird? Erkennt man denn nicht, daß das ewige und plötzliche Abspringen von einem noch so schönen Gedanken zu einem andern, der eben soviel Werth haben mag, nur Oberflächlichkeit zur Folge hat und ermüdet? Abgesehen von den ersten Beispielen bei Uebersetzung in die fremde Sprache, die sich natürlich nur in den einfachsten, den kindlichen Begriffen zunächst gelegenen Kreisen bewegen können und sollen, ist es geradezu widersinnig, den kindlichen Geist solche Sprünge von der alten Geschichte in die neueste, von der Geographie in die Naturgeschichte, von den höchsten moralischen Sentenzen in die trivialste Plattheit machen zu lassen. Ein Beispiel, wenn auch nicht der letzteren Art, bietet hiezu die erste, sage die erste, Aufgabe aus Ahn's Grammatik:

1.

„Der Schlaf ist das Bild des Todes. Die Gestalt der Erde

ist rund. Das Leben des Menschen ist kurz. Das Brüllen des Löwen ist schrecklich. Der Lauf der Jahre ist schnell. Das Studium der Sprachen ist nützlich. Die Inseln sind die Berge des Meeres. Gott ist der Schöpfer der Welt und der Erhalter der Geschöpfe. Die Rose ist das Sinnbild der Anmuth und Schamhaftigkeit."

Alle diese Gedanken sind an und für sich sehr schön und von hohem bildenden Werthe, aber glaubt man denn wirklich, der zwölfjährige Schüler, wenn er mit Noth und Mühe diese erste Aufgabe übersetzt hat, habe aus allen diesen Beispielen anderen Nutzen gezogen als Oberflächlichkeit? Kann man wirklich annehmen und ist es möglich, daß er sich bei allen diesen einzelnen Gedanken aufgehalten, über sie nachgedacht und deren Moral sich zum Eigenthum gemacht hat? Nichts von allem dem; es wird ihm ja kaum Zeit gelassen, die Regeln selbst, über die die Aufgabe geht, zu verstehen und sich zu eigen zu machen, wie viel weniger deren Inhalt, denn schon eilt man mit den nächsten Stunden zu einer neuen Regel, zu neuen Beispielen, unbekümmert darum, ob das Erste verstanden und erfaßt worden ist. Und so geht es fort und immer fort, bis es am Ende des Schuljahres vollkommen gelungen ist, daß das zuerst Erlernte und mit ihm alles Nachfolgende dem Schüler ebenso schnell wieder entschwindet, als es den Augen vorüberschwebte. Daraus erwächst dann jene Oberflächlichkeit, jene Begriffsverwirrung, die geradezu haarsträubend ist. Schüler höherer Kurse müssen sich alsdann schon in Konversation und freien Vorträgen ergehen, während ihnen die ersten Regeln der Grammatik unbekannte Dörfer bleiben; man liest mit ihnen Lustspiele von Scribe und anderen, wie „Les contes de la reine de Navarre", schlüpfriges, gehaltloses, französisches Gewäsche; oder unstatthafte, weil unmoralische Episoden enthaltende, Romane, wie: „The vicar of Wakefield", während sie nicht im Stande sind, den geringsten logisch geordneten Aufsatz in der fremden Sprache zu schreiben. Wozu muß und kann dieses unpädagogische Verfahren alsdann führen als zur Oberflächlichkeit, zum Wettrennen nach einem dem Schüler, als zur höchsten Bildung nöthig bezeichneten Ziele, ohne Rücksicht auf die damit Hand in Hand gehende geistige Verwahrlosung und die Beiseitesetzung aller logischen Denkweise? Das sind die faulen Stellen unsres modernen Sprachunterrichtes.

Nach Bloßlegung dieser Schäden erübrigt nur noch zu dem überzugehen, was an deren Statt treten m u ß, wenn ihnen abgeholfen werden soll.

Wie bei einem sechsjährigen, zum ersteumal in die deutsche Volksschule eintretenden Kinde muß zunächst den Leseübungen die alleinige und ausschließliche Aufmerksamkeit geschenkt werden, dem Lesen in systematisch geordnetem Stufengange vom Leichten zum Schwereren fortschreitend, und zwar nicht früher zum Schwereren übergehend, als bis das Leichte vollständig erfaßt und erlernt ist. Zu diesen Leseübungen können aber nicht etwa nur wenige Beispiele und Belege zu einer Ausspracheregel dienen, sondern dazu gehört eine umfassende Sammlung dem jungen Geiste verständlicher Begriffe. Vollkommen zwecklos und ermüdend für den jugendlichen Geist sind aber Leseübungen in fremden Sprachen ohne zu Grund gelegtem deutschen Text, den man zwar nicht immer beim Lesen damit zu verbinden braucht, der aber dem strebsamen Schüler die Gelegenheit bietet, seine Neugierde zunächst zu befriedigen und anzuregen.

Nicht früher darf zur Grammatik selbst gegriffen werden, als bis die Schwierigkeiten 1) über die richtige Aussprache der einfachen Vokale und Konsonanten; 2) über die Vokalverbindungen und Diphthongen; 3) über die Aussprachregeln von c, g, q, x; 4) über die Endkonsonanten und 5) über die Nasenlaute, vollkommen und unbedingt erledigt sind. Erst dann kann von einem geregelten grammatikalischen Unterricht die Rede sein, neben welchem die Leseübungen gleichwohl immer noch die Hauptsache bleiben müssen. Was man dabei etwa an Zeit zu verlieren scheint, kommt hundertfach beim späteren Unterricht zu gut. Der Schüler, der vom Anfange an nicht vollständig richtig lesen gelernt hat, lernt es in späterer Zeit nie mehr.

Außer der sicheren Grundlage zu einer guten Aussprache bietet dieses System aber einen viel wichtigeren Vortheil, den nämlich, daß sich dem Geiste des Schülers die der fremden Sprache eigenthümliche Wortform einprägt, besonders wenn schon bei den ersten Leseübungen die verschiedenen Redetheile, als: Substantiv, Adjektiv, Verbum, scharf getrennt behandelt werden, wobei schon leise Andeutungen über Genus des Substantivs, Verschiedenheit der Aussprache des Femininums vieler Adjektive, Eintheilung der Verben nach Konjugationen, unterlaufen können; alles Dinge die vorbereitend auf den späteren Unterricht wirken. Ein anderer nicht zu unterschätzender Vortheil ist aber noch der, daß neue Wörter dem Schüler später wohl nach ihrer Bedeutung, nicht aber nach Werth und Aussprache fremd sein werden.

Erst nach Erlangung voller Sicherheit in dem oben Geforderten darf wie gesagt zur Grammatik selbst gegriffen werden.

Hier aber gibt es viel zu ändern und gut zu machen, was bisher verbrochen wurde. Ist es nicht widersinnig und gegen alle Logik verstoßend, wenn man den grammatischen Unterricht mit dem Artikel beginnt, einem Redetheile, der an und für sich ohne Bedeutung ist, wenn er nicht mit einem Substantiv in Verbindung steht? Muß es nicht jedem Unbefangenen auffallen, daß über das Unwesentliche das Wesentliche selbst vergessen wird, nämlich das Substantiv? Lehrt uns nicht die tägliche Erfahrung, daß bei unserem deutschen Elementarunterricht das Substantiv, nach Umlaut und Ableitung, den ersten Lehrgegenstand bildet? Und warum sollte es denn bei den neueren Sprachen anders sein? Ist es doch das Substantiv, welches einen der hauptsächlichsten Redetheile einer jeden Sprache ausmacht, um den sich die verschiedenen Bestimmungswörter und Attribute erst gruppiren. Darum muß das Substantiv der zuerst zu behandelnde grammatische Gegenstand sein.

Das französische Substantiv, zunächst betrachtet, bietet nur hinsichtlich der Pluralbildung nnd der Genusregeln Bemerkenswerthes dar. Die Regeln über den Plural sind leicht und lassen sich erschöpfen, die über das Genus wird ein kluger Lehrer auf das Nothwendige zu beschränken wissen. Scheinbar lassen sich diese Regeln insgesammt in wenigen Stunden erledigen, und man möchte gar zu gerne bald darüber hinwegkommen, aber darin liegt der zweite Irrthum.

Regeln sind leicht docirt und werden, wenn klar vorgetragen, leicht erfaßt; damit ist jedoch noch nicht gesagt, daß der Schüler sie auch unbedingt inne habe und in ihrer Anwendung sicher sei. Diese Sicherheit kann nur erreicht werden, wenn der Schüler eine erkleckliche Anzahl von Substantiven im Singular und im Plural geschrieben hat und zwar immer mit dem deutschen Ausdruck; z. B.

Vater père   Väter pères u. s. f.
General général   Generale généraux u. s. f.

Diese Weise bietet offenbar zwei Vortheile; erstens übt der Schüler die französische Pluralbildung gut ein, und dann wiederholt er die deutsche, was ebenfalls nicht zu unterschätzen ist.

Nach Erledigung des Substantivs in Bezug auf Plural und Genus darf erst daran gedacht werden, die Artikel in Betracht zu ziehen, jedoch nicht diese allein, sondern zugleich alle Adjektivpronomina ohne Ausnahme, sowie das unbestimmte und bestimmte Numeral. Nach und nach muß der Schüler die bisher geübten Substantive mit dem unbestimmten und bestimmten Artikel, mit dem possessiven, demonstrativen und interrogativen Adjektivpronomen, dann mit dem unbestimmten und bestimmten Numeral schriftlich und mündlich, im Singular und Plural, bis zur vollständigsten Fertigkeit verbinden lernen. Es ist dies kein Zeitverlust, sondern für die Folgezeit für den höchsten Gewinn. Diese Artikel, Adjektivpronomen und Numerale dürfen aber nur im Nominativ, nicht aber in einem andern Kasus ausgeführt werden. Erst nach vollkommner Erledigung dieses Theiles kann zur Deklination selbst übergegangen werden.

Die Lehre von der Deklination ist im Französischen, gegenüber der lateinischen und deutschen Sprache, so ungemein einfach, daß sie nach den vorangegangenen Uebungen von den Schülern leicht erfaßt wird, da sie umfassende Gelegenheit haben, die Genitiv und Dativpräposition an den vorherigen Beispielen zu üben, wobei die Ausnahmen du, des; au, aux um so mehr in die Augen fallen. Aber auch hier bedarf es vieler Uebung bis diese scheinbar leichte Sache zum Eigenthum des Lernenden geworden ist. Wird der Unterrichtsgang nach obigen Angaben eingehalten, so gehört es schon zu den Seltenheiten, wenn im zweiten Kurs noch Deklinationsfehler vorkommen, während nach der bisherigen Lehrweise diese Fehler den Schüler bis über die Schule hinausbegleiten zur unausgesetzten Qual des Lehrers.

Wurden im Vorstehenden das Geschlechts- und Zahlverhältniß des Substantivs, dann das Adjektivpronomen und Numeral als Attribute desselben für sich behandelt und erledigt, so ist es jetzt an der Zeit das objektive Satzverhältniß durch Vermittlung des Hilfszeitwortes avoir, und das prädikative durch être hinzutreten zu lassen. Ist daher die erlangte Fertigkeit in der Deklination durch einfache Beispiele ohne alle Zuthat erprobt worden, so muß der Schüler die beiden Hilfszeitwörter avoir und être, jedoch ohne Infinitif, Participes, Subjonctif und Impératif und ohne Temps composés mündlich und schriftlich üben.

Hier gilt es wieder, einen der größten Irrthümer zu zerstreuen, die es gibt, und zwar in Bezug auf das Lernen der Zeitwörter.

Bevor noch der Schüler in der neuen Sprache recht warm geworden ist, zwingt man ihn schon Zeitwörter und Zeitformen zu lernen, von deren Existenz er kurz vorher keine Ahnung hatte und über deren Anwendung er sich keinerlei Rechenschaft geben kann. Ist es schon überhaupt beim Elementarunterricht unpädagogisch, ein positives Wissen zu fordern, anstatt sich auf ein umfassendes Kennenlernen zu beschränken, so findet dieses Axiom ganz besonders seine Anwendung auf das Zeitwort. Hier ist es am nothwendigsten, den Gegenstand vor den Augen des Schülers zu entwickeln, ehe vom wirklichen Lernen die Rede sein kann. Dabei ist jedes Einüben des Zeitwortes nutzlos, wenn es sich nicht auf die deutsche Konjugation stützt.

Die französische Zeitform muß dabei so unmittelbar mit dem deutschen Ausdruck in Verbindung treten, daß sie mit diesem gewissermaßen nur eine Form bildet. Jeder Unbefangene wird einsehen, daß es nicht gleichgiltig ist, ob der Schüler „j'ai ich habe" oder „ich habe j'ai" sagt und übt. Bei Anwendung einer fremden Sprache sind wir unwillkürlich genöthigt, den deutschen Gedankenausdruck uns erst zu vergegenwärtigen, um daraus die fremde Form abzuleiten. Je schneller dieser Prozeß vor sich geht, desto gewandter wird man sich ausdrücken. Dieses schnelle Uebertragen des deutschen Gedankens auf die fremde Form wird aber nur dadurch herangebildet, daß man den Schüler von vornherein gewöhnt, den deutschen Gedanken in allen Fällen dem französischen Ausdruck voranzusetzen.

Ein anderer Fehler wird gewöhnlich darin gemacht, daß man den Schüler entweder nur ein paar Zeiten eines Zeitwortes üben läßt, oder ihn zwingt, das ganze Verbum mit allem Anhängsel zu lernen. Hier kann nicht genug empfohlen werden, die goldene Mittelstraße einzuhalten und alles am Anfang Ueberflüssige zu vermeiden, ohne dabei der Gründlichkeit zu schaden.

Viel Streit und mitleibigen Achselzuckens hat es schon hin und her gegeben über die Art der Bezeichnung verschiedener Zeiten des Indicatif und Subjonctif. Die einen nennen sie nach der französischen Manier: Imparfait (Relatif), Parfait (Défini), Indéfini (Parfait défini), Plusqueparfait, Antérieur défini u. s. f.; die andern nach Ahn's Vorgang Descriptif, Narratif, Présent antérieur, Descr. ant., Narr. ant. Mir scheint, dieser Streit drehe sich um des Kaisers Bart, benn es kann ganz gleichgiltig sein, wie Lehrer und Schüler die Zeiten nennen, wenn letzterer sie nur anzuwenden weiß. Gleichwohl ist zu erwägen, daß es vom pädagogischen Standpunkt aus zu verwerfen ist, dem Schüler Namen zu lehren, für die man ihm nicht einmal eine genügende deutsche Erklärung geben kann. Welche Andeutung über Zeitanwendung erhält der Schüler, wenn wir ihm Imparfait, Défini u. s. f. auch noch so wortgetreu übersetzen? — Keine, während hingegen Descriptif und Narratif für das Verständniß des Schülers etwas sagen und das bleibt doch wohl die Hauptsache. Aus Pietät für die französische Nation soll doch wohl nicht jene Bezeichnung gebraucht werden?

Bezüglich der interrogativen und negativen Form des Zeitwortes ist es sehr anzurathen, diese nicht eher vorzunehmen, als bis die Hilfszeitwörter zunächst in ihren einfachen Zeiten tüchtig geübt sind. Erst muß eine solide Grundlage für alle späteren Konjugationen geschaffen werden, ehe an die Erweiterung und Umgestaltung des Verbums gedacht werden darf.

Als eine große Erleichterung für den späteren Unterricht muß es zugleich angesehen werden wenn, gleich mit Beginn der Konjugation, nach dem Conditionnel die Zeitform mit der Konjunktion si folgt: si j'avais, si j'étais u. s. f. Die italienische Grammatik kennt es gar nicht anders; sie führt stets nach dem Condizionale die Zeitform se avessi, se fossi an, und so bei allen anderen Konjugationen. Hält man dies auch beim französischen Unterrichte ein, so vermindert sich alsbald die Syntax um eine nicht unbedeutende Regel und unbewußt lernt der Schüler die richtige Zeit treffen.

Von hohem Werthe ist es, wenn nach erfolgter Einübung der Hilfszeitwörter in ihren einfachen Zeiten mit denselben alsbald die wichtigsten Adverbien der Zeit wie: déjà, encore, toujours, souvent, aujourd'hui u. s. f. verbunden und geübt werden. Der Begriff des Verbums erweitert sich dabei in verständiger Weise und der Lehrer hat gute Gelegenheit, die Anwendung der Zeiten des Indicatif vom Anfang an zu begründen. Bekanntlich ist es für unsere Schüler eine große Schwierigkeit, den Unterschied zwischen Imparfait (Descriptif) und Défini (Narratif) zu erfassen, da die deutsche Sprache hiefür keinen Anhaltepunkt bietet. Um nun diese Schwierigkeit bei der Wurzel an-zugreifen, muß schon bei den Hilfszeitwörtern durch Beifügung solcher den Zeiten entsprechenden Adverbien das Verständniß dazu rege gemacht werden, so daß der Schüler nie versucht wird zu sagen: j'étais un jour, noch: je fus alors, so wenig wie: je suis demain u. s. f. Diese Uebungen lohnen sich dann beim späteren Unterrichte.

Nach Erledigung des bisher Geforderten ist es an der Zeit, dem Hilfszeitworte avoir ein Substantiv als Objekt im Akkusativ, wie: j'ai encore un père; und dem Hilfszeitwort être ein Substantiv als Prädikat, wie: je suis ton parrain u. s. f. anzufügen. Diese Uebungs-beispiele müssen in allen Personen, Zahlverhältnissen und Zeiten syste-matisch und zwar mündlich wie schriftlich geübt werden. Ich verweise dabei auf die Aufgaben 14—17 meines ganz nach obigen Grundsätzen angelegten Lehrbuches: Neue französische Schulgrammatik von F. Mösch, Kempten, Kösel'sche Buchhandlung.

Wenn je meine Herren Spezialkollegen die freudige Ueberraschung gesehen hätten, welche die Schüler nach Einhaltung obigen Lehrganges empfinden, sobald sie auf diesen eben genannten Stand des Unter-richtes angelangt sind; wenn sie bemerken würden, wie die Schüler ohne Antrieb, aus eigenem Fleiße, diese Sätze übersetzen und zwar meistens fehlerlos, so würden sie gewiß die Sache eines Versuches werth halten, um so mehr als dieses Resultat in vier Monaten leicht zu erreichen ist.

Nachdem das objektive Satzverhältniß im unbestimmten und bestimmten Sinne erledigt ist, muß es im Theilsinne (sens partitif) geübt werden. Auch hier bedarf es vieler Uebung, um dem Schüler volle Sicherheit zu verschaffen und das beste Mittel hiezu ist, ihn viele Beispiele mit den Partitivformen du, de la, de, l'; des schreiben zu lassen. Nur auf diese Weise eignet sich der Lernende diese unsrer Sprache fremde Ausdrucksweise an. Ohne gründlicher Kenntniß des Theilsinnes ist der Schüler nicht im Stande, den ersten Anforderungen der Sprache zu genügen.

Nun erst ist es an der Zeit, die Frageform der Hilfszeitwörter zu üben und in leichten Sätzen zur Anwendung zu bringen. Der objektive und prädikative Satz erhalten dadurch eine Neugestaltung, die besonders im Französischen von höchster Wichtigkeit ist, wenn das Subjekt ein Substantiv oder ein anderes als ein Personalpronomen ist. Hier ist es wieder bringend geboten, den Schüler anzuhalten, stets den deutschen Gedanken, und zwar nach der französischen Satzstellung geordnet, dem französischen Ausdruck vorangehen zu lassen; z. B. hat dein Vater einen Bruder? (Dein Vater hat er einen Bruder?) Kein Fragesatz mit einem Substantiv als Subjekt darf übersetzt werden, ohne daß sich der Schüler über die Satzstellung Rechenschaft gibt.

Nach dem Theilsinne im Nominativ und Akkusativ erscheint als das Wichtigste dessen Genitiv nach den adverbes und subtantifs collectifs, der wiederum in vielen Beispielen zu üben ist. Was den Dativ partitiv betrifft, so ist es rathsam, ihn dem späteren Unterrichte zuzuweisen.

Weglassung des unbestimmten Artikels nach der Kopula être beim prädikativen Substantiv des Standes, der Nation u. s. f.; Anwendung des Artikels bei Eigennamen der Länder u. s. f. nebst den damit zusammenhängenden Ausnahmen; Stellung des Artikels und Pronomens nach tout, Monsieur u. s. f.; die Lehre über die mit Präpositionen verbundenen zusammengesetzten Substantive, und die negative Form der Hilfszeitwörter, dürfte das Wichtigste sein, was der Schüler unerläßlich wissen muß. Diese Regeln aber in Hunderten von Beispielen schriftlich und mündlich üben zu lassen, ehe man zur Uebersetzung von Uebungsstücken schreitet, muß der unabweichbare Weg sein, der bei allen Grundregeln auf's gewissenhafteste einzuschlagen ist, wenn ein sicherer Erfolg erzielt werden soll.

Bevor nun zum Adjektiv übergangen wird, müssen die beiden Hilfszeitwörter umfassend, mit allen Modus und Zeiten, geübt werden. Selbst jetzt kann und darf jedoch noch nicht von positivem Können die

Rede sein, vielmehr soll der Schüler nur durch vollständiges Kennenlernen dieser Formen genügend in den Stand gesetzt werden, die geforderten Formen zu finden. Ueberhaupt ist schon viel gewonnen, wenn der Schüler mit seinem Lehrbuche recht vertraut ist.

Das Adjektiv, nach Numerus und Genus, gehört im Französischen unter den orthographischen Theil des Unterrichtes. Nach genügender Einleitung über seine Veränderlichkeit, ist der erfolgreichste Weg zur Erlangung dieser Kenntniß in fortgesetzten Diktirübungen in französischer Sprache, mit Zugrundelegung des deutschen Textes, zu suchen. Diese Uebungen sollen nach und nach alle orthographischen Regeln des Adjektivs erschöpfen. Von großem Vortheil ist es dabei, nach einem dem Schüler unterbreiteten Verzeichnisse solcher Adjektiven zu verfahren. (Siehe: Neue Schulgrammatik, pag. 70—80.)

Die Regel über die Stellung des Adjektivs beim Substantiv muß vom Anfang an so bestimmt als möglich aufgestellt werden. Die Abweichungen von der Regel, daß das Adjektiv seine Stellung nach dem Substantiv einnehme, kann erst dann mit Erfolg gelehrt werden, wenn die Grundregel in vielen einfachen Beispielen geübt und erfaßt ist.

In den meisten Grammatiken finden wir die Lehre über den Theilsinn vor dem Adjektiv schon bei Anfang des Unterrichtes und zwar, wie schon im Eingang bemerkt, vor dem Substantiv behandelt. Wie kann man aber erwarten, daß der Schüler diese wichtige Regel erfasse, wenn ihm über das Adjektiv und seine Stellung selbst noch nicht das Geringste bekannt ist? Es ist geradezu unbegreiflich, daß dieser Widerspruch gegen alle Logik solange bestehen konnte und es noch heute Lehrer gibt, die solche Grammatiken ihren Schülern in die Hand geben mögen. Erst dann kann doch wohl von dem Theilsinne vor dem Adjektiv die Rede sein, wenn die Lehre über dessen Stellung nach oder vor dem Substantiv erledigt ist. Das ist wieder ein Punkt der, wenn nicht vom Anfang an richtig erfaßt, im Verlauf des Unterrichts nie mehr nachgeholt werden kann.

Nach der Steigerung des Adjektivs und seinem Verhältniß zu stofflichen Bestandtheilen, Orts- und Zeitverhältnissen, ist der Kasus, ben es regiert, von Wichtigkeit, ohne daß es jedoch nöthig ist, auf alle Einzelnheiten näher einzugehen. Auch hier muß vermieden werden, diese Regeln in weitläufigen Beispielen zur Anwendung zu bringen.

Nachdem hierauf das Numeral seine Würdigung erhalten hat, stehen wir vor dem regelmäßigen Zeitwort. Wurden, wie oben angedeutet, die Hilfszeitwörter in allen Mobus und Zeiten geübt, so erübrigt hier nur, dem Schüler die Endungen der verschiedenen Konjugationen nach Mobus und Zeit zu lehren, wozu er schon alles Verständniß mitbringt.

Häufiges mündliches Konjugiren thut hier die beste Wirkung, und zwar ebenfalls nicht früher mit der interrogativen und negativen Form eingreifend, als bis die vier Konjugationen vollkommen durchgenommen sind. Erst dann soll der Schüler schriftlich einige Zeitwörter konjugiren, und den besten Beweis für sein Verständniß der Zeitendungen muß er dadurch geben, daß man ihn abwechselnd ein Verb unter Aufsicht schreiben läßt, jedoch ohne jedes Hilfsmittel. Es kann dies sogar das Pensum einer Skription sein und wird sich viel nützlicher erweisen, als das Uebersetzen von Hunderten von Sätzen. Wie die Hilfszeitwörter die erste Grundlage für die regelmäßigen Konjugationen, so bilden diese die Grundlage für die unregelmäßigen.

Hat der Schüler eine allgemeine Kenntniß der Konjugationen erlangt, so lasse man ihn, um ihm in der Anwendung der Zeiten Selbstänbigkeit zu geben, eine oder die andere Person durch alle Zeiten des Indikativ und Konjunktiv, sowie im Imperativ, unter Vorausschickung des Infinitivs und der Partizipien üben, aber immer unter Voransetzung des deutschen Ausbrucks; z. B.

Temps simples.		Temps composés.	
tragen	porter	getragen haben	avoir porté
tragend	portant	„ habend	ayant porté
ich trage	je porte	ich habe getragen	j'ai „
ich trug	je portais	ich hatte „	j'avais „
„ „	je portai	„ „ „	j'eus „

ich werde tragen	je porterai	ich werde getragen hab.	j'aurai porté
ich würde tragen	je porterais	ich würde „ „	j'aurais „
wenn ich trüge	si je portais	wenn ich getragen hätte	si j'avais „
daß ich trage	que je porte	daß ich getragen habe	que j'aie „
daß ich trüge	que je portasse	„ „ „ hätte	que j'euse „

u. f. f. durch alle Perſonen und Konjugationen, wobei die Interrogation und Negation abwechſelnd mit eingreifen ſollen. Nur auf dieſe Weiſe lernt der Schüler wirklich ſeine Zeitwörter gründlich kennen. Dann wird er die Schwierigkeiten der unregelmäßigen Konjugationen mit Leichtigkeit überblicken.

Wird dieſe obenbezeichnete Lehrweiſe nicht eingehalten, ſo erfolgt, was man in tauſend Fällen beobachten kann: Der Schüler, da er ohne tieferes Verſtändniß für die Konjugation bleibt, lernt mit Noth und Mühe die erſten unregelmäßigen Verba auswendig (?), und da dem Lehrer, und ihm, die Zeit gebricht, alle nachfolgenden der Reihe nach zu lernen, ſo hat es gewöhnlich ſein Bewenden damit. Die ſpäteren bleiben dem Schüler unbekannte Größen. Man entgegne nicht, dies ſei zu grell gemalt: Es iſt die volle Thatſache.

Der Uebergang vom regelmäßigen Verb zum unregelmäßigen iſt in jeder Sprache ein ſo naturgemäßer, daß deſſen Lehre unmittelbar darauf folgen muß. Jedoch hüte man ſich dabei vor Uebertreibung. Es iſt genügend, wenn der Schüler im Anfang den Infinitiv, die Partizipformen, dann den Indikativ kennen lerne, und zwar verfährt man dabei am beſten ſo, daß man erſt alle Infinitive der Hauptzeitwörter, nicht aber der abgeleiteten, ſchreiben läßt. Daraus muß der Schüler ſelbſt die Partizipien nach ſeiner Sammlung der unregelmäßigen Verba bilden. Iſt dies erfolgt, ſo macht man es mündlich mit jeder einzelnen Zeit des Indikativ ebenſo, bis der Schüler ſie fließend vom Blatt weg konjugiren kann. Alsdann führe man ihn unmittelbar zur Lektüre und Analyſe über.

Die paſſive, reziproke und imperſonnelle Form des Zeitwortes und die Lehre über alle noch übrigen Pronomina, müſſen insgeſammt zurücktreten vor der nunmehr nothwendig gewordenen Analyſe.

Wurbe schon wiederholt barauf hingewiesen, wie sich im Vor=
stehenden ber Unterricht auf bie deutsche Sprache zu stützen hat, so
erhält dieser Ausspruch erst hiermit sein volles Gewicht.

Man wähle zu biesem Zwecke ein kurzes, leichtes, gut gewähltes
Lesestück, dessen Inhalt ben Schüler geistig anzuregen im Stande ist,
unb lasse ihn basselbe lesen, was ihm nach ben fortbauernben Lese=
übunzen ein Leichtes sein wird. Hierauf biktire man ihm ben beut=
schen Text eines Theiles bes Gelesenen, soweit als möglich nach
bem Wortlaut. Man schreite alsbann zur Analyse bes beutschen
Textes unb trage benselben Gebanken auf bas Französische über. Zur
Erläuterung möge ein kurzes Beispiel folgen:

Deux hommes étaient voisins; chacun d'eux avait une femme
et plusieurs petits enfants et son seul travail pour les faire vivre.

(Borel, Lectures Françaises, I Partie, pag. 13.)

Deutscher Text.

Zwei Männer waren Nachbarn; jeber von ihnen hatte eine
Frau unb mehrere kleine Kinder unb seine alleinige Arbeit um zu sie
machen leben (zu ernähren).

Analyse.

Deutscher Text.		Französ. Text.
Zwei	= Bestimmtes Numeral, Plural Maskulinum	= deux
	Nominativ (attributives Subjekt)	
Männer	= Substantiv, Plur. Maskul., Nominativ	= hommes
	(Subjekt)	
waren	= 3. Person Plur. Maskul., Imperfekt	= étaient
	(Descr.) von être	
Nachbarn	= Substant., Plur. Mask. Nominativ (prä=	= voisins
	bikatives Subjekt)	
jeber	= Indefinitpronomen, 3. Perf. Singular	= chacun
	Mask. Nom. (Subjekt)	
von	= Ablativpräposition	= d' (de)
ihnen	= Personalpronomen, 3. Perf. Plur. Mas=	= eux (?)
	kul. Dativ	
hatte	= 3. Perf. Sing. Mask. Imperf. (Descr.)	= avait
	von avoir	

eine	= unbeſt. Artikel, Sing. Femininum, Ak-	= une
	kuſativ (Objekt)	
Frau	= Subſtantiv, Sing. Fem. Akkuſativ (Objekt)	= femme
und	= Konjunktion	= et
mehrere	= Indefinitpronomen, Plur. Mask. Akku-	= plusieurs
	ſativ (Objekt)	
kleine	= Adjektiv, Plur. Mask. Akkuſativ (Attribut)	= petits
Kinder	= Subſt., Plur. Mask. Akkuſativ (Objekt)	= enfants
und	= Konjunktion	= et
ſeine	= Poſſeſſivpronomen, Sing. Fem. Akkuſa-	= son (?)
	tiv (Objekt)	
einzige	= Adjektiv, Sing. Fem. Akkuſativ (Attribut)	= seul (?)
Arbeit	= Subſt., Sing. Fem. Akkuſativ (Objekt)	= travail (?)
um zu	= Präpoſition beim Infinitiv	= pour (?)
ſie	= Perſonalpron., 3. Perſ. Plur. Mask.	= les (?)
	Akkuſ. (Objekt)	
machen	= Zeitwort, Infinitiv	= faire (?)
leben	= Zeitwort, Infinitiv	= vivre.

Auf dieſe Weiſe laſſe man den Schüler alles Nachfolgende analyſiren und zwar jedes Wort ohne Ausnahme, auch wenn es ſich noch ſo oft wiederholte. Von jedem einzelnen Worte muß niedergeſchrieben werden, was nur immer darüber ausgeſagt werden kann.

Bei denjenigen franzöſiſchen Wörtern, die im Genus oder Kaſus vom Deutſchen abweichen, oder die der Schüler ihrem Weſen nach noch nicht kennt, ſind ihm alle Einzelheiten beſonders zu erklären und ausführlich anzugeben; dabei iſt er immer auf die Grammatik, wo dieſe Redetheile ausführlich behandelt werden, näher hinzuweiſen. So z. B. ergeben ſich im Obigen folgende Fragen und Bemerkungen:

1. In welchem Kaſus ſteht eux gegenüber dem deutſchen „ihnen"?
    Antw. Im Akkuſativ, denn es hängt von der Präpoſition de ab, und die Präpoſitionen regieren in der Regel den Akkuſativ.

2. Woburch unterſcheidet ſich son vom deutſchen „ſeine"?
    Antw. Das franzöſiſche son iſt Maskulinum, denn es bezieht ſich auf travail, während „ſeine" Femininum iſt.

3. Wie verhält sich seul zu dem deutschen „alleinige"?

    Antw. Das Adjektiv seul ist Maskulinum, weil es sich auf travail bezieht, denn die Adjektive richten sich in Genus und Numerus nach ihrem Substantiv.

4. Worin besteht der Unterschied zwischen travail und „Arbeit"?

    Antw. Travail ist Maskulinum und „Arbeit" Femininum?

5. Welches sind die verschiedenen Bedeutungen von pour?

    Antw. Pour heißt beim Infinitiv „um zu". Beim Substantiv und Pronomen „für". Als Adverb entspricht es unserm deutschen „was betrifft, was anbelangt." (Dazu einige Beispiele.)

6. Wie unterscheidet sich les von dem obigen eux?

    Antw. Les ist das mit dem Verbum verbundene Personalpronomen, während eux das von demselben getrennt stehende ist. (Hier lasse man diese Pronomina näher ausführen und wiederhole dasselbe bei allen vorkommenden Fällen.)

7. Welche Bedeutungen hat faire im Französischen?

    Antw. Faire hat die Bedeutungen „machen, thun, lassen", und zwar „lassen" nur in Verbindung mit einem Infinitiv; z. B. lesen lassen faire lire.

Es ist nicht zu leugnen, daß diese Uebungen im Anfang die ganze Kraft des Lehrers in Anspruch nehmen, aber das Resultat lohnt auch alle seine Anstrengungen. Der Schüler fühlt sich durch diese fortgesetzten analytischen Uebungen gehoben; er beginnt die Sprache zu überblicken und nach und nach erlangt er Einsicht in den Satzbau, in den Geist der Sprache. Wenn dann sein Fleiß zu Uebersetzungen in die fremde Sprache in Anspruch genommen wird, so weiß er zu welchem Zwecke es geschieht, denn er hat erkannt, wozu diese ihm dienen. Es ist ihm das Ziel vor Augen gesteckt, das dem er nur durch eigenen Fleiß erreichen kann.

Diese Uebungen rücken aber mit einem Male den französischen Sprachunterricht so nahe dem deutschen, daß sie sich beide in Wechsel-

wirkung unterſtützen und für einander unentbehrlich werden, was beſonders beim ſpäteren Unterrichte hervortritt.

Dies ungefähr iſt das Penſum des erſten Jahreskurſes, wenn
die Vermehrung der Stundenzahl für das Franzöſiſche auf vier wöchentlich, zufolge der beabſichtigten Reorganiſation unſrer techniſchen Lehr-
anſtalten eintritt.

Aus dem Vorangehenden geht unwiderleglich hervor, daß dadurch
für den ſpäteren Unterricht ein ſolider Grund gelegt wird, und daß
der franzöſiſchen Sprache an unſren Gewerbeſchulen von den anderen
Lehrfächern alsbald jene Beachtung zutheil werden wird, die ſie, aber
erſt alsdann, zu beanſpruchen das Recht hat.

Und nun zum Schluß noch einige Bemerkungen. Der zweite
Theil meiner nach obigen Grundſätzen angelegten Schulgrammatik liegt
im Manuſcript fertig vor, doch kann ſeine Veröffentlichung erſt dann
erfolgen, wenn die im elementaren Theil enthaltene Lehrweiſe, der
ich den Namen der „rationnellen“ zuerkannt wiſſen möchte, zur
Geltung gelangt iſt. Beide Theile ſchließen ſich ſo innig aneinander
an, haben ſo viele Beziehungen zu einander, und beſonders der zweite
Theil iſt derartig auf unſeren deutſchen Styl baſirt, daß er ohne jener
elementaren Grundlage den meiſten Lehrern zu ſchwierig, ja unver-
ſtändlich ſein dürfte.

Sollte dieſe meine Lehrweiſe anerkannt und in unſren Ge-
werbſchulen zum Theil zur Einführung gelangen, ſo erſchiene der
zweite Theil im Laufe des nächſten Schuljahres. Aber auch für
die engliſche und italieniſche Sprache habe ich bereits den elementaren
Theil, ganz genau nach obigen Grundſätzen, bearbeitet und beide Theile
ſind zum Drucke bereit. Es hängt daher nur von dem Erfolge dieſer
Auseinanderſetzung ab, ob ſie je erſcheinen werden oder nicht.

Nach dieſer meiner Lehrweiſe und unter Zugrundelegung beider
Theile meiner franzöſiſchen und engliſchen Schulgrammatik habe ich
ſeit drei Jahren einen Kurſus herangebildet, der alles das leiſtete, was
ich mir davon verſprach. Vollſtändige Kenntniß der Grammatik, große Gewandtheit des Ausbrucks, Sicherheit in
Anwendung der Verba, ein ſehr beträchtlicher Wortreich-
thum und, was die Hauptſache iſt, ein guter deutſcher
Styl, das ſind die Erfolge, die ich aufzuweiſen habe.

Möchten meine Herren Kollegen diese Worte beherzigen, möchten sie besonders unter allen Umständen von dem Grundsatze ausgehen, daß: je tiefer ein Lehrer zum Schüler hinabsteigt, desto höher kann er ihn emporheben, und es wird die Zeit nicht fern sein, daß auch dieses Fach, und mit ihm die Träger desselben, zu seiner vollen Geltung gelangt.

Das walte Gott!

Buchdruckerei der Jos. Kösel'schen Buchhandlung in Kempten.